# CRÔNICAS DE UM MUNDO ESQUIZOFRÊNICO

Antonio Carlos Lopes Petean

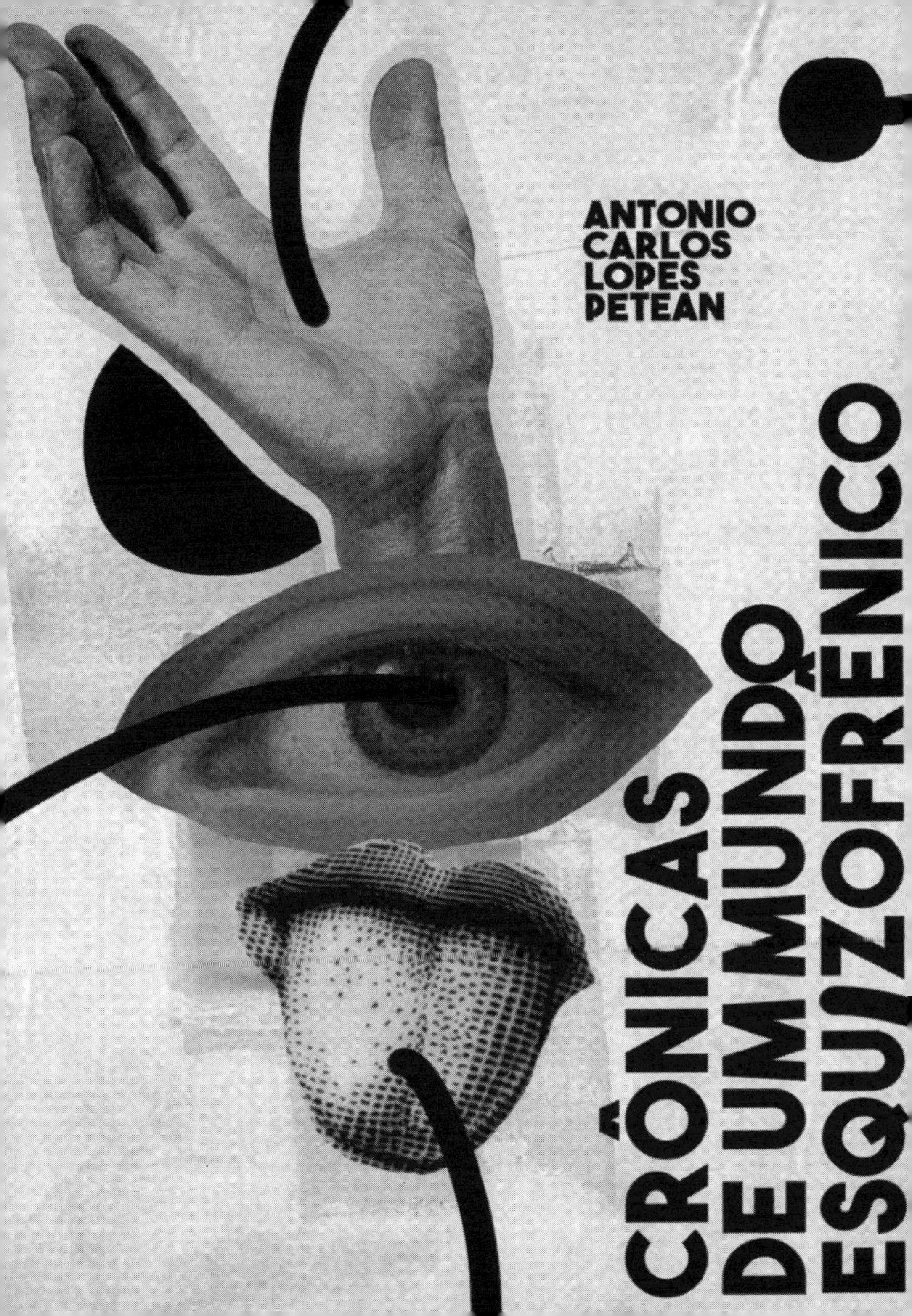
ANTONIO
CARLOS
LOPES
PETEAN
CRÔNICAS
DE UM MUNDO
ESQUIZOFRÊNICO

**Coordenação Editorial:** Sálvio Nienkötter
**Editor executivo:** Claudecir de Oliveira Rocha
**Editores adjuntos:** Daniel Osiecki / João Lucas Dusi
**Capa:** Paula Villa Nova
**Produção:** Cristiane Nienkötter
**Diagramação:** COR

Dados internacionais de catalogação na Publicação (CIP)
Angelica Ilaqua CRB-8/7057

Petean, Antonio Carlos Lopes
Crônicas de um mundo esquizofrênico / Antonio Carlos Lopes Petean. -- Curitiba: Kotter Editorial, 2022.
96 p.

ISBN 978-65-5361-152-8

1. 1. Crônicas brasileiras I. Título

22-5493 CDD B869.93

**Kotter Editorial**
Rua das Cerejeiras, 194
82700-510 | Curitiba - PR
+55 41 3585-5161
www.kotter.com.br | contato@kotter.com.br

1ª edição
2022

# SUMÁRIO

# MAPA

Já ouvi muita gente dizer: "quero fazer meu mapa astral". Não sei o que esperam e confesso que nunca me interessei em saber o que os astros têm a nos dizer. Não me preocupo com os astros e por isso não dou voz aos pontos luminosos que vagam solitários na imensidão do desconhecido. Talvez devêssemos consultar as obras de Copérnico, Galileu, ou de algum sacerdote mesopotâmico. Porém, gostaria de compreender por que ninguém, mas ninguém... diz: quero fazer meu mapa carnal! Bem, talvez muita gente consulte os astros porque eles são mudos, mais abstratos, ignoram nossa existência, não desconfiam de nós, e sempre estão dispostos a nos ouvir e a nos "dizer" algo reconfortante, mas através da voz de algum intérprete. Assim imaginam todos que creem nesses incontáveis pontos brilhantes que pairam sobre nossas cabeças. Mas a verdade é que muitos insistem em consultá-los buscando alguma satisfação, ou ajuda, quem sabe. Enquanto a carne...ah! essa retruca, causa desconforto e raramente, mas pode acontecer, uma adoração inesquecível, apenas para os corajosos, para aqueles que se entregam e não temem decepções. No entanto... acontece. É isso: sempre existiu e existirá quem prefere o mais abstrato para evitar frustrações. Isto ocorre porque o concreto dói, arranca pedaços, às vezes não devolve e enterra o que sobrou. Talvez seja por isso que muitos recorrem ao mapa astral. Ocupam-se mais em ouvir os astros do que se arriscar com aproximações e entregas afetivas e corporais. Entretanto há as telas dos computadores, esse campo de caça virtual, onde diversas máscaras ocupam o lugar do real para uma satisfação de todos, dos místicos e não místicos.

Mas, no decorrer de nossa vida sempre lembramos do concreto e raramente, ou nunca, o abstrato torna-se memória e lágrimas. E isso ocorre porque o concreto quando impregna, nos faz sonhar com a eternidade, com aquelas mãos se eternizando todas as manhãs nas trilhas úmidas do nosso corpo. Porém, o tempo confirmará o que é inevitável: o fim de mais um ciclo. Mas muita gente continuará pedindo aos astros que indiquem um caminho, ou deem um sinal. Por isso darei um nome a nossa sociedade: sociedade da consulta. Consultamos os astros, os búzios, as cartomantes, os pastores, os padres, certos professores e sacerdotes de toda espécie, e uma infinidade de outros entes religiosos. E assim acontece porque tememos a entrega e pedimos bênçãos a esses seres, transformados em "poderosos guias", para que nos indiquem um caminho. Mas, não creio que exista um caminho. Então, meu diagnóstico é simples: padecemos de uma fraqueza mórbida, ou de um medo secular e por isso procuramos guias de toda ordem. Queremos ajuda, atenção, amar, estar ao lado, mas tememos cada vez mais a entrega e as aproximações. Creio que chegará uma hora que teremos que escolher entre o "Penso, logo surto, ou entrego-me, logo subverto". Porque nesse mundo marcado pela desconfiança, pelos medos e pela fluidez, subverter é entregar-se. Mas o tempo está passando, a contaminação continua, assim como a procura por alguém que indique um caminho. Enquanto isso... eu continuo preso nessa "Terra de Santa Cruz" e nos demais desterros íntimos e externos que, infelizmente, agora são on-line.

# PEQUENA CRÔNICA SOBRE O RACISMO ESTRUTURAL

Imaginem um homem sendo revistado no aeroporto de Guarulhos, repleto de "cidadãos de bem" ansiosos para embarcarem.

Após passar pelo sensor de metais e a sua mala de mão pelo raio X, ele é abordado por um policial que lhe dá ordens: "entre naquela cabine e tire suas roupas!". E com a arrogância costumeira, na frente de todos, porém, com a "gentileza" estampada na cara, é evidente que o policial esperava encontrar algo. Mas a abordagem gerou olhares de desconfiança. Eram olhares dirigidos a ele e que revelavam julgamentos a priori. Mas ele só desejava embarcar rapidamente, pois, teme aviões e desconfia de todos os olhares, afinal, já sofrera com eles. Agora imaginem este mesmo homem chegando de ônibus na rodoviária de Belo Horizonte e ao descer, alguns policiais o abordam e sempre "gentis", dizem de forma bem "simpática": "estamos trabalhando, é uma revista corriqueira, abra a mala"! Ele abre, porém não demonstra preocupação, porque sabe como são as abordagens policiais. Não retruca e acata, mas pensando até quando. Ele sabe que os policiais sempre dizem as mesmas frases, com o mesmo tom de voz e a mesma cara amarrada, para ganharem respeito. Afinal... "autoridade" que se preze... tem que berrar, usar óculos escuro, cruzar os braços e mostrar-se bravio. Bem, como a vida segue, num belo domingo ensolarado ele foi correr no campus da Universidade de São Paulo, em Ribeirão Preto e, ao voltar, fora parado pela polícia que pediu os documentos do carro. Agora imaginem que essa cena ocorrera novamente, em outro domingo, quando ele, mais uma vez, se dirigia para o mesmo campus para outra corridinha.

Imaginaram? Então continuemos...

Numa bela tarde ensolarada, logo após almoçar na casa da sua irmã, em plena pandemia causada pelo SARS-CoV-2, voltando para sua casa, ao virar uma esquina, ele se defronta com uma barreira policial. Os policiais acenam para ele parar, pedem seus documentos e, um dos "homens da lei" fica prostrado na frente do carro, com a tradicional cara amarrada, óculos escuros, braços cruzados e com a tradicional boina ligeiramente caída. Porém, temeroso, o policial com a mão esquerda na arma comporta-se como um robô, que saiu de algum filme do horário "nobre" e se mostra pronto para disparar.

Agora... continuemos. Imaginem que num determinado dia, em pleno ano pandêmico, ele resolve caminhar bem cedinho, evitando o máximo de contato, usando máscara, respeitando as medidas sanitárias, quando percebe que um carro, próximo a sarjeta, o está seguindo. Então ele olha para trás, vê que é um carro da polícia, os policiais lhe encaram com a mesma cara de robô, que o faz lembrar do filme "Rambo", um ser nascido para matar. Bem, a pessoa diversas vezes abordada é o autor dessa crônica. Entenderam o que é racismo estrutural "pessoas do bem"? Não preciso desenhar né?

É por isso que penso se Nietzsche tem razão ao dizer que o fisiológico sente o mundo, lê o mundo e sabe como interpretá-lo. Pois é... o fenótipo comporta histórias que outros jamais saberão. Isso não é mimimimi... pois, o racismo é risco de vida.

# TARDES DE DOMINGO

As tardes de domingo me fazem recordar do norte da Argentina, das montanhas entre Salta e o povoado de Cachi. Majestosas, silenciosas e abençoadas por um inebriante céu azul, elas impressionam os viajantes que se atrevem a percorrê-las. Eu me atrevi e no alto daquelas montanhas, cercado por picos íngremes, pelo vazio e pelas rajadas de um vento frio, minha única companhia era a angústia. Meu pensamento, conduzido pelo meu olhar, esforçava-se para ultrapassar aquelas montanhas, mas logo defrontava-se com outras. E foi numa tarde de domingo, marcada pela pandemia causada pelo SARS-CoV-2 e pelo temor de outras contaminações, percorrendo ruas desoladas, olhando velhos casarões, imaginando o fervilhar de outras eras, acompanhado pelo vento, pelas últimas horas da tarde, embriagado no álcool, que me lembrei daquelas montanhas. No meio delas, todos os dias eram tardes de domingo. Mas aquele céu azul, aquelas inatingíveis nuvens, aumentaram, naqueles dias, minha sensação de desamparo. Talvez resida aí a semelhança entre as tardes de domingo e aquelas montanhas: num maldito ou bendito vazio que nos agarra, sufoca e provoca um grito, que oscila entre a tristeza e a alegria. Porém, lá no alto, o meu grito despertou a atenção dos animais e, aqui, nessas ruas, não ouso gritar, pois as montanhas são os olhares de reprovação de outra espécie de animal, que conheço, mas que me causa extremo temor. Ou será neurose minha?

# UM "FELIZ DIA" PARA OS PAIS, REPRODUTORES DE FAKE NEWS E DO ÓDIO

No dia 8 de agosto de um ano pandêmico e sinistro, desejei um feliz dia para toda espécie de pai, porém, eu nunca quis ser um e, não me arrependo, embora, a sociedade, implicitamente cobre todos que não se preocupam com a descendência. Já ouvi: "nossa! você não tem filhos? nunca quis ter? Por quê?". Mas essas indagações não são as piores. O pior é ouvir: "você sabe que só nos tornamos adultos quando temos filhos?". E por aí vai. Mas depois de anos ouvindo as mesmas perguntas, você se acostuma, ou acaba se irritando mais; afinal... o humor, às vezes, depende das notícias do dia. E nesse Dia dos Pais, logo ao acordar, tomei ciência das notícias e das análises dos discursos de um sujeito chamado "bozo", e fiquei pensando nos belos e não tão belos exemplos paternos.

Não vou refletir sobre a fala desse ser desprezível, que muitos chamam de "mito", mas vou apenas fazer algumas ponderações sobre os apoiadores dos discursos de ódio dessa "pessoa". Aqueles que apoiam esse ser e seus arroubos discursivos, que implicitamente e explicitamente incentivam o ódio e a agressão, não são meramente gado, talvez sejam pessoas com problemas de caráter, ou que têm sérios problemas cognitivos, ou as duas coisas juntas e... muitos são pais.

Bem, se o problema é de caráter, ou cognitivo, ou ressentimento acumulado, não sou eu que darei a opinião final, mas, independentemente do que seja, a questão principalmente passa por reconhecermos que uma parte da sociedade brasileira não possui nenhum pressuposto que permita um convívio pacífico e civilizado. Essas pessoas não são meramente "bovinos", são seres cruéis e conscientes de que o exercício da escrotidão lhes permite atingir seus objetivos. E estas pessoas são pais, mães, tios, tias, avós e avôs. Elas sabem que suas falas e as do seu "mito" são destrutivas, porém, gozam com elas, as reproduzem, batem no peito e mostram-se orgulhosas, ou melhor, têm prazer com as ofensas e agressões verbais que saem da boca do seu "mito". São pessoas que não se importam em destruir e assim o farão, mas dando risadas, gozando com a destruição e com a dor do outro. E para que isso se efetive, necessitam destruir as instituições e os contratos sociais. São pessoas conscientes dos efeitos de seus atos e dos atos do seu "mito". Isso não é se alimentar de capim, ou um mero desgoverno. É destruição institucional e moral, consciente e arquitetada. Vivemos a "Arquitetura da destruição" nos anos pandêmicos, apoiada por pais que se gabam e se autoafirmam como exemplares. Bem, apenas duas observações: o grande capital também apoia os discursos de ódio, se faz de surdo e silencia sobre seus efeitos. Será que o silêncio é lucrativo? Por isso eu digo que há várias espécies de pais: existem aqueles que gozam com a destruição do Pantanal e da Amazônia, existem os negacionistas, os propagadores da ivermectina para tratamento precoce, os racistas e homofóbicos. Mas, felizmente, também existem pais e mães que brincam com seus filhos e filhas nas rodas de samba, ensinando o respeito ao outro. E por último... peço desculpa por não usar a linguagem "neutra".

Entretanto, estranho quando ouço alguns intelectuais de esquerda, anarquistas e, também, marxista-leninistas dizerem que concordam com a "língua neutra" e que já a estão usando. Estranho essa afirmação sim! Não por concordarem, mas por afirmarem que a língua possa ser neutra. Penso que os materialistas que falam em "língua neutra" sofrem de uma esquizofrenia linguística, pois a ideia de neutralidade sempre fez parte do projeto positivista. Entendo que as línguas são construídas historicamente, num eterno vir a ser. E no seu caminhar, elas sofrem o impacto dos contextos sociais, onde o racismo, a homofobia, o antirracismo, o feminismo e o patriarcalismo disputam espaço e encontram abrigo no seio de alguns pais e seus "mitos". Portanto, afirmo que a língua não é neutra, mas indica e sinaliza para posicionamentos, rupturas e visibilidades, pois, ela é viva; porém, sempre existirão alguns pais que desejarão a linguagem binária e gritar: "mito".

# ESQUIZOFRENIA EPISTÊMICA

Acordei pensando na "obra divina", num Deus "construtor" e na ironia de Friedrich Nietzsche. Esse filósofo imaginou um deus entediado, que antes de colocar a mão na massa, ou no barro e resolver criar e dar forma ao mundo, para se divertir, não tinha nada para fazer e a quem julgar. Realmente, já tentaram imaginar o que Deus fazia antes de resolver criar o mundo? Bem, mas dizem que ele criou tudo e que o nosso lar, a terra, foi considerada o centro desse mundo por séculos e séculos, até que um astrônomo atrevido dissesse: calma lá, essa terrinha não é o centro, pois o centro desse mundão, chamado cosmos, é o sol, um astro quente, chamado de hélios pelos gregos. Então o geocentrismo, que durou séculos, foi destronado pelo heliocentrismo. Porém, esse não durou muito, pois, logo alguém disse: esse tal Cosmos, ou universo, não tem limites, portanto não tem um centro. Eis que o heliocentrismo fora destronado. E no dia 4 de abril de 2022, recebi a notícia do falecimento de uma importante e grande pianista da minha cidade. Logo li as homenagens escritas sobre sua morte. São discursos quase repetitivos, dizendo que agora ela irá tocar piano para alegrar o céu, que o céu ficará em festa com a sua música e com seu modo de ser, tão especial. Bom, depois de ler os mais diversos discursos a homenageando, fiquei pensando se só agora o céu ficará alegre. Mas também pensei nos autores desses discursos. Alguns eu conheço e sei que ironizam os terraplanistas, que viraram moda. Oras, mas a questão que me incomoda é que aqueles que ironizam os terraplanista são os mesmos que acreditam que alguém, com sua música, fará um sarau no céu. Bem...destronaram o geocentrismo, depois o heliocentrismo, mas ninguém tem coragem de destronar esse deus obreiro, que vivia entediado e que resolveu criar algumas "marionetes" para se divertir. E o pior... é que essa crise de identidade epistêmica está muito enraizada entre nós. Crise, ou esquizofrenia que se revela em pessoas que acreditam no evolucionismo, afirmam que a terra é redonda e que ao mesmo tempo em que dão risadas dos terraplanistas, também dizem que alguém vai estar no céu tocando piano para alegrar os que lá estão, talvez entediados também. E uma pequena observação: quem vai para o céu é violinista, pianista, flautista, harpista, mas guitarrista de rock, nem pensar! Fazer o que né?

# CRÔNICA SOBRE A ETERNA IMORALIDADE

A noite avançou, não percebemos as horas, nossa conversa tornou-se mais excitante e percebi que a nossa autocensura havia evaporado. Talvez, devido ao vinho, a solidão, ao longo distanciamento que eu me submetera, não ofereci resistência, como naturalmente costumo fazer para me preservar de inesperados problemas. E, quanto mais a noite avançava e o álcool dominava meus sentidos, palavras e frases repletas de insinuações deram outro tom a nossa conversa. Meu imaginário não se conteve, meu desejo cresceu e o dela também, como me relatou. Mas nem precisou ser explicitado, pois suas palavras revelavam um imenso desejo de me conhecer. Depois de um longo diálogo, que evoluiu da literatura para a ruptura das barreiras, ela perguntou: quantos anos você tem? Respondi que ultrapassara a casa dos quarenta e imaginei que nossa diferença de idade era imensa. Imaginei que fosse, pois, seu rostinho aparentava ser de uma mulher na faixa dos vinte anos. Revelando ter ficado inquieta com minha resposta, comentou: idade não significa nada quando duas pessoas se desejam, partilham os mesmos fetiches e anseiam pelas mesmas aventuras e experiências. Concordei e perguntei sua idade. Tenho 18, respondeu. Acompanhando sua resposta estavam duas figurinhas: um coraçãozinho e uns lábios vermelhos, carnudos e semiabertos. Interpretei as figurinhas como parte de um jogo de sedução e continuei, pois já estava seduzido, embriagado e curioso. Então, combinamos de nos conhecer e ela me fez um convite. Me perguntou: aceita ser meu Sugar Daddy? Antes que eu dissesse sim ou não, perguntei o que esse termo significa, afinal novos termos e signos aparecem de forma muito veloz, revelando o vácuo entre gerações. Bem, ela foi direta e explicou: um Sugar Daddy é um homem, sempre mais velho, que estabelece um contrato imaginário com uma Sugar Baby e esse contrato é baseado na troca de mimos, ou seja, você me mima e eu te mimo. Depois dessa explicação ela ainda disse: mas não é qualquer homem mais velho que eu escolho para ser aquele que irá me mimar, pois achei você diferente, culto, insinuante e resolvi que seria um ótimo "sugar".

Depois de ouvir sua explicação perguntei quais mimos ela gostaria de receber. Ela respondeu dizendo que poderia ser uma ida a um salão de beleza, um livro, roupas, ou algo mais, e que tudo dependeria do desenrolar do contrato. Fiquei pensativo e perguntei: Bem, se você recebe esses mimos, quais você me daria? E ela enviou novamente a figurinha dos lábios vermelhos e carnudos. Depois escreveu: "você já tem a chave de meu corpo, basta abrir o cadeado e, sem inibições, ok".

Confesso que fiquei muito interessado e aceitei sua proposta, porém, disse que lhe daria uns mimos, mas que não exigiria nada em troca. Ela agradeceu, mas foi direta e falou que não se contentava em não me dar nada em troca e que saberia como me mimar. Animado, perguntei qual seria o primeiro mimo que ela gostaria de receber. Prontamente, ela respondeu: quero ir a um salão de beleza, mas olha, saiba que realmente achei você diferente e estou interessada em te conhecer, independente se será ou não meu Sugar Daddy. Então, combinamos nos conhecer, mas como o vinho já estava causando efeito, disse que continuaríamos nossa conversa ao vivo, num outro dia, pois o sono já estava me dominando. Ela concordou, e nos despedimos.

Fui dormir com um certo incômodo, porque não a conhecia e me deixei levar, me envolvi. No outro dia acordei pensando em caminhar e, também, descobrir mais sobre essa garota. Confesso que ela não saiu dos meus pensamentos naquela noite. Interessei-me por ela, no mesmo grau que ela demonstrou ter por mim. Porém, após refletir sobre a diferença cronológica entre nós resolvi me afastar. O temor de ser julgado, condenado e sofrer com o apedrejamento que na certa aconteceria, se fez presente. Mas, sigo pensando no diálogo daquela noite e me pergunto se o direito, a moral, os conceitos acadêmicos e julgamentos claustrofóbicos que eles comportam não são outras formas de controle dos corpos, de censuras e de represamento da libido. Também penso que ela foi a única a interessar-se pelas minhas palavras, pelos meus poemas e pelos mais simples textos que escrevi. Estranha ironia que a vida nos impõe, pois, ela fora a única a ler minhas palavras com atenção, com um delicado carinho e perceber os incômodos que se escondem em minhas palavras. E quanto a sua percepção... não tenho dúvidas, afinal ela escreveu: "há algo de profundo em você, algo escondido que eu gostaria de desvendar". E, acompanhando essas palavras estavam dois pequenos desenhos, simbolizando sua faceirice e suas intenções sedutoras.

Infelizmente, a diferença de idade é algo insuperável, um bloqueador moralizante que fora convertido num superego coletivo que me atinge de forma impositiva e um tanto sádica. Por isso lembrei-me de uma pequena carta que escrevi para uma amiga e que reproduzo aqui: "dezessete meses pandêmicos, dezessete meses mantendo um torturante e benéfico distanciamento. Mascarado, vivendo a incerteza, resisto aos inúmeros convites que jamais imaginei recusar. É essa recusa e essa incerteza que me fazem pensar no túnel do envelhecimento. Aquele que entramos, acompanhado, ou desacompanhado, mas quase sempre solitário. Um túnel que logo na entrada deveria ter o seguinte aviso: não olhe para trás, pois deixaste mais do que espera encontrar no trecho que ainda resta para caminhar".

E, um aviso simples para os distraídos: esse tal túnel deveria ter um apelido: exílio. Porém, cabe a cada um definir se o seu exílio será ou não estéril. Embora a infertilidade esteja presente, não custa nada tentar enganar o tempo. Entretanto, não se apavore com o seu exílio, pois é apenas um ligeiro e irreversível apaziguar dos desejos. Mas saiba que quanto mais você caminhar pelo túnel, mais e mais ficará distante dos prazeres que tanto gosta. Talvez a vida seja isso: aventurar-se nos prazeres desconhecidos e afastar-se deles ao entrarmos no túnel chamado velhice, que sempre vem acompanhado do medo de ser julgado.

# MAIS UM GOLE

Mais um gole de vinho e uma ligeira olhada pela janela. Longe, distante, está a torre da primeira igreja. Uma velha senhora, que bravamente resiste ao *fast food* religioso pós-moderno. Avistei a torre, que segue iluminada como outrora. Mas daqui, não ouço o badalar do sino. Local da primeira comunhão e da minha recusa em crismar, a velha igreja ainda respira, delineia o horizonte feito de memórias e palpitações. Longe, também está a minha infância, o bate bola na rua, o carrinho de rolimã, os papagaios, as pipas, os pomares e as peladas na chuva. Hoje, restam-me as palavras e os versos, que enaltecem aquela torre, aquela infância e tudo que almejo e tenho temor em tocar. É isso a vida adulta. Repleta de temores, proibições, desejos sinceros, imaginando a infância maliciosa, onde não havia temores, nem medo das condenações e, respirávamos mais intensamente. Talvez a vida adulta seja um tipo de exílio, com vários vultos que não dizem nada e, outros, sedutores, porém impossíveis de serem tocados. Proibidos para mim, porém... desejados. E ao olhar a torre da velha igreja, ao me lembrar das brincadeiras, penso se todos os casais têm a imaginação e os fetiches que agora me atormentam, ou os tormentos são um delicioso privilégio dos solteiros incuráveis.

Mas, por enquanto, fico pensando nas silhuetas intocáveis e na reflexão sobre o casamento que Albert Camus nos legou na obra *A Queda*. Disse ele que – "certos casamentos burocratizam a libertinagem e tornam-se os monótonos coveiros da audácia e da imaginação". Bem... quem tem autoridade para responder?

Enquanto não tenho respostas, secarei mais uma garrafa de vinho.

# PEQUENA CRÔNICA SOBRE A MEMÓRIA E O EXÍLIO

No romance *A ignorância*, o autor Milan Kundera aborda a relação entre o exílio e a memória. Os personagens centrais dessa obra, Josef e Irena reencontram-se no aeroporto de Paris depois de vinte anos no exílio. Os dois retornavam para Praga após o fim do "comunismo". O reencontro ocorreu no aeroporto e, seguiram no mesmo voo, apreensivos e ansiosos com o retorno. Esse reencontro evidencia que o exílio não foi apenas em relação ao país deixado, mas, também, em relação aos familiares, aos amores e amigos que optaram por ficar, conscientes ou não. Mas o exílio também é ignorância, ou desconhecimento sobre a vida daqueles que ficaram. E mesmo em relação a alguns amigos que partiram o exílio esteve presente. Irena e Josef se conheceram num café em Praga, mas, ela exilou-se em Paris e ele em Bruxelas. Portanto, não eram estranhos, pois já haviam se encontrado e Irena lembrava de todos os detalhes daquele encontro que Josef se esquecera. Kundera reflete e faz um alerta que julgo importante, mas que poucos têm maturidade para compreender e aceitar. Diz o autor que quando você reencontrar o antigo amor ou aquela pessoa que lhe encantou, saiba que cada um guarda na memória uma ou duas situações que não são as mesmas. Você se lembra de situações que não são as mesmas que a outra pessoa tem como lembranças, se é que tem alguma. E isso se deve, segundo Kundera, ao grau de importância que os ex amantes tiveram no passado; claro, ela pode ter sido mais importante para você do que você foi para ela. Isso ocorre porque o grau de intensidade nunca é o mesmo para os dois corpos, nem as ilusões. Então, a quem pertence o passado? Penso que a restituição e reconstrução imaginária do passado depende da intensidade do que foi vivido, que é sempre subjetiva. O grau de importância atribuída a um encontro ou relacionamento difere segundo os protagonistas, os envolvidos, amantes ou não. Penso, se as leituras dos deliciosos dias vívidos juntos possuem, ou não, paridades entre os dois. Essa é a incerteza que devemos estar atentos. Penso também em dois historiadores que apaixonados pelo mesmo objeto, constroem narrativas diferentes, ilusoriamente chamadas de verdade. Assim são os amantes. Cada um vive a sua ilusão. Entretanto, se não existisse esse lapso de tempo chamado exílio e nem uma discrepância nos sentimentos, a questão que se colocaria para Josef e Irena seria, segundo Kundera: em qual momento que o coito na vida do casal se tornaria estereotipado e cansativo? Mas, prefiro a questão colocada por Albert Camus: Será que o casamento representa a burocratização do imaginário e um adeus a libertinagem? Então, penso se seria este um dos motivos que faz o exílio estar presente na vida de muitos casais? Penso que os exílios são muitos e o pior deles é o eterno envelhecimento, pois ele não concede aos homens o direito de retornar para a "pátria" juventude. Isso faz o tempo ser sempre amaldiçoado e vivido de forma diferente, pois, quando se é jovem julgamos que ele é muito lento e quando ficamos velhos nós reclamamos que o tempo passou muito rápido. Escrevi essa crônica pensando nos muitos, porém raros, Josefs e Irenas que conheci na velha Vila Rica.

# PEQUENA CRÔNICA SOBRE A EXPERIÊNCIA

Essa maldita experiência, que não serve como exemplo e não orienta ninguém, nada mais é do que um aglomerado de cicatrizes, geradas por ilusões, expectativas e sonhos abortados.

Outro dia, na fila do banco, ouvi uma adolescente dizer a uma senhora: "vó, a senhora é muito experiente, belas palavras da senhora!". E aquela mulher respondeu: "minha neta, não romantize a experiência, pois ela é resultado das minhas feridas, que os anos se encarregaram de fechá-las, mas que não me saem da memória, não abandonam esse velho corpo". Uma bela resposta pensei. Concordo com as palavras daquela mulher, só não sei dizer se as cicatrizes fecham totalmente, ou criamos outras ilusões para substituir as antigas, mesmo sabendo que a essência dos sonhos é uma só e que não há cicatrizes, ou essa tal experiência sem um certo desencantamento. Daí a memória ser repleta de ilusões, que ignoramos que foram ilusões porque preferimos ignorar os enganos. Isso acontece porque os enganos são da nossa responsabilidade e, sempre é mais fácil culpar o outro. Não gostamos de carregar o peso das nossas frustrações e das nossas escolhas. Talvez seja isso o que Sartre chama – "agir de má fé". Atribuir ao outro toda a responsabilidade pelo desencantamento, feridas e cicatrizes. A autoilusão é mais fácil. Porém, não deixa de ser mais um engano.

Hoje, eu defino a tão exaltada experiência como uma sequência de lutos e que não há um único responsável por eles. Fiz essa relação depois de ouvir uma amiga dizer: "acabou, depois de 12 anos vivendo uma relação abusiva, finalmente acabou". Também lembrei do filme doze anos de escravidão, só não perguntei a ela se nesses doze anos tentou romper as correntes ou acreditou que o protagonista iria melhorar, ser outra pessoa. Percebi que ela também tem ilusões, mas são ilusões, apenas ilusões, ou esquizofrenia? Bem, essa pequena crônica só foi possível devido a experiência, mas sem autoilusões no horizonte.

# OBSERVO

Domingo. Lembro do clip "Diário de um detento" (uma bela obra dos Racionais MC). Creio que esse trabalho é um dos mais significativos testemunhos da vida confinada atrás das grades. E, dá janela de uma cela do Carandiru... um detento observa o metrô. "Não são bichos"! diz um trecho da música, enquanto imagens remetem o expectador aos horrores dos campos de extermínio e ao massacre. Agora... minhas recordações me remetem ao velho bairro em que nasci, brinquei, soltei papagaios, deixei-me deliciar com goiabas e, sinto que cada rua diz um pouco sobre mim. Recordo que ao percorrer aquelas antigas ruas, parei num semáforo e vi que na minha frente havia um Audi A4 e ao lado um Monza. Símbolos de outras eras, de outros sonhos e invejas. Nunca invejei e isso é um ganho. No meu carro, um Jeep, parado no semáforo, observei os carros e através deles, naquele lapso de tempo, pensei no envelhecimento e o comparei a uma cela de uma prisão imaginária, sem muros altos, vigias, sem portões para as ruas. Sei que os carros demonstram o envelhecer, a ostentação, o desejo, mas meu Jeep não. Ele é como o dono. Não tem como envelhecer aquilo que já nasceu velho e apenas se curva mais, sabendo que os sonhos diminuem e são tragados pelo tempo.

Por isso, agora, dá janela do meu apartamento, observo o tempo, como um presidiário observa o metrô. Calados... ambos seguem amordaçados, cada um no seu mundo, com seus sonhos de liberdade inigualáveis, irrealizáveis. Talvez alguém se atreva a fazer um Rap sobre os velhos e suas janelas. Apenas isso.

# PEQUENA CRÔNICA SOBRE O SOFRIMENTO

No dia dezessete de julho de 2021, após o primeiro cafezinho, logo pela manhã e depois de conversar remotamente com uma ex-aluna, agora amiga, lembrei do poema "Saudade", do poeta Pablo Neruda. Poema que trata da dor da saudade. Logo no primeiro verso Neruda diz: "Saudade é solidão acompanhada..." E encerra o poema dizendo: "O maior dos sofrimentos é nunca ter sofrido". Refleti sobre essas palavras e escrevi para minha amiga. Disse a ela que para mim há um sofrimento perigoso e muito dolorido e que esse nasce quando percebemos que não deixamos saudades naquela pessoa que partilhou o entrelaçamento de nossas mãos e, que logo ao acordar sorria ao nosso lado. E disse ainda: "minha amiga, é doloroso e triste perceber que as quatro mãos nunca se cruzaram com a mesma intensidade, nem partilharam dos mesmos sonhos e desejos. Mas isso, minha cara, só percebemos com o tempo, quando a saudade que bate de um lado não encontra a outra, porque essa, nunca existira. Minha amiga, nem sempre a saudade ecoa. E isso pode gerar ressentimentos, algo que felizmente nunca tive e espero não ter. Por isso, minha cara, a saudade pode ser, também, solidão desacompanhada. Mas não tema sofrer, nem sentir saudades novamente, e nem tenha ressentimentos, pois, esse sentimento é irmão gêmeo do ódio".

Depois de dizer tudo isso a ela, fiquei pensando no medo de uma nova entrega e no cuidado para não se iludir novamente. Mas, como ela tem mais tempo pela frente do que eu, não deve temer e, quanto a mim, já me acostumei com a saudade e a solidão desacompanhada. Porém, o poema "Solidão", de Neruda, continua me acompanhando nessa manhã fria. Mas, um dia direi a ela: "saiba que novas saudades sempre estarão no horizonte, assim como as ilusões e os entrelaçamentos de mãos, que antecedem esse sentimento que muitos dizem ser próprio do mundo luso brasileiro". Direi, embora eu não acredite.

# A UTILIDADE DOS FÓSFOROS

No dia 20 de novembro de 2021, logo pela manhã, um amigo me perguntou: você tem alguém... que serve de inspiração para seus poemas?

Eu disse que sim, que algumas palavras brotam da admiração e encantamento por uma mulher, pelos olhos dela, pela combinação entre seus lábios e seus brincos, e por muito mais. Mas, como sei que esse amigo também se arrisca a escrever... eu disse também: "meu caro, tudo o que você escrever, para aquela que lhe encanta, que você admira calado e te inspira, deixe na gaveta, pois é a melhor maneira de evitar acusações de assédio, perseguições e um linchamento público, afinal, na era das condenações e incompreensões, os versos são convertidos em provas contra ti".

Sim, é isso o que um poeta faz: produz provas contra si, chamadas de poesias.

E... eu ainda lhe disse: "e tranque bem a gaveta!". Só não lhe contei que a minha está transbordando, que passei no supermercado e comprei uma caixa de fósforo. Bem, muitas histórias terminarão em gavetas escuras, sem ventilação, e amarelarão com o tempo; porque é melhor que nunca saiam das gavetas! E nem devem. Porém, tenho certeza de que os fósforos, um dia, me serão úteis, pois, nada como queimar os indícios de um crime, nesse mundo em que um poema pode converter-se numa forte prova contra você.

Talvez um dia eu fale para ele sobre os fósforos, porém, como sei que ele alimenta sonhos, não quero encorajá-lo a queimar seus poemas, como faço com os meus, pois, o temor de ser julgado é a única companhia que faz morada no meu quarto. Bem, eu nem sei dizer se esse medo é ou não real, mas é evidente que ele aumentou quando as exposições e massacres nas redes sociais tornaram-se mais frequentes.

# UM BRINDE A TÂNATOS

TÂNATOS, talvez um deus, ou um ser que representava a personificação da morte para os gregos, era temido e festejado, dependendo de quem ele sequestrava e conduzia ao reino de Hades. E numa manhã recebi uma informação das profundezas infernais que dizia: aqui chegou um tal "astrônomo filósofo" ou "filósofo astrônomo", mas foi rejeitado, pois aqui... só os justos, os filósofos, os comunistas e cientistas são recebidos de braços abertos. Bem... curioso, eu disse: e para onde enviaram ou encaminharam o "maior filósofo brasileiro"? E ouvi como resposta: para o céu, onde estão os "puros", os racistas, os dizimistas e os "cidadãos de bem", que negam as vacinas, destilam ódio e dizem - Deus acima de tudo. Então... Pensei: ele está bem acompanhado lá no céu. Com certeza ele está confortável e na certa não estará junto aos esfomeados, afinal, como diz a música dos Titãs, "Jesus não tem dentes no país dos banguelas", que são precarizados pelos amantes nacionais dos Chicago Boys, que estão sob as ordens de um certo economista, que alguns insensíveis dizem ser "o maior" economista do Brasil. Bem, digo isso porque os "banguelas precarizados" na certa não terão direito nem a um lugarzinho no céu se depender da elite nacional.

Por isso um brinde a TÂNATOS. E apenas uma observação: o TÂNATOS grego é mais justo que o da Marvel, porém, ambos são um tanto esquizofrênicos. Cheguei a essa conclusão depois de assistir ao filme e observar os inúmeros corpos implorando por moedas nas esquinas.

# ME DIGA: POR QUE O SUSTO?

Acordo e penso no que me assusta. Me assusta a xenofobia e os assassinatos do imigrante congolês Moïse e do venezuelano Marcelo Caraballo, que ocorreram no início do ano de 2022. Me assusta a intensidade dos incêndios que ano a ano aumentam; me assusta o crescimento de grupos neonazistas; me assusta a proposta de privatização da Serra da Canastra; me assusta a liberalização da venda de armas; me assusta a permissão para o uso de agrotóxicos; me assusta os discursos de ódio de muitas igrejas pentecostais e de muitos católicos. Porém, me intriga a falta de sensibilidade da elite agro mineradora, a falta de empatia da classe média e a permissividade de uma parcela da sociedade brasileira, que simplesmente não se importa com os rumos do país, desejados pela extrema direita. Mas a maioria dos brasileiros nem sabe a distinção entre fascismo, comunismo, anarquismo e, ao verem uma foto de Machado de Assis, talvez digam: "Fora Marx!". Essa foi a reação de dois cidadãos ao olharem para minha camiseta com a foto do escritor. Então, quanto a ser massa de manobra, não há espanto. Mas confesso que me assusto com pessoas que só agora estão dando sinais de indignação, medo, depois de ficarem assustadas. Historiadores, sociólogos, psicólogos, e pessoas de várias categorias profissionais se mostram assustadas. Para essas eu digo: será que a xenofobia, o racismo, a falta de empatia e a insensibilidade são recentes? Indignados do momento quero lembrá-los que índios foram assassinados em Brasília e Rio grande do Sul, seus corpos incendiados. E quando Luiza Erundina, mulher nordestina, assumiu a prefeitura de São Paulo, vários muros amanheceram pichados com a frase: FORA NORDESTINO! E até agora ninguém gritou: NORDESTINOS... PRESENTES!

Em Ribeirão Preto uma criança que vivia nas ruas foi morta com chutes dados por skinheads. Esse fato ocorreu na rua São Sebastião, no antigo cine Bristol. Não devemos esquecer Chico Mendes, irmã Dorothy. Não devemos esquecer o ataque de três skinheads a três jovens dentro de um trem em São Paulo. Esse ataque tem umas três décadas e um dos agredidos morreu e outro perdeu um braço pois pulou do trem em movimento para escapar dos agressores. Sobre essa agressão, recomendo que procurem saber o odioso motivo desse ataque. E os Presidiários mortos no massacre do Carandiru, e os boias frias massacrados em Guariba, e a chacina da Candelária? Lembro que os muros da Unesp foram pichados com o termo: voltem para África africanos. E no edifício do curso de direito de uma importante universidade pública de São Paulo: “aqui é lugar para gente inteligente e branca, fora cotista”. Ora, estão espantados com o que? A violência, o racismo, o preconceito, são endêmicos nessas terras onde sabiás não gorjeiam mais... E o pior é ouvir (da vizinha): o que está acontecendo com nosso país?

Respondi: "o que sempre aconteceu – uma imensa falta de empatia, de memória, aliadas ao racismo estruturante. Tá assustada minha senhora?".

# FORTE AVISO

Depois do velório de uma amiga, pensei em como seria o meu. Por isso, de antemão, aviso aos amigos e inimigos que não quero velas, missas, coroas de flores, lamentos e nem unguentos, ou palavras me enaltecendo, ou construindo enunciados amáveis.

Aviso aos amigos e inimigos que tenho horror àquela frase: "Ele está descansando em Paz". Afinal, nunca desejei paz e muito menos descanso. Se quisesse, teria comprado uma casa na praia, uma rede e uma boneca inflável. Então, aviso aos amigos e inimigos: "que não desejo ser velado, e a única coisa que espero é que meus versos sejam lidos e amados". Porém, se nem isso acontecer, me esqueçam o mais rápido possível, mas se nem isso for possível... queimem os vestígios da minha existência, apedrejem minhas pegadas e não alimentem a saudade, esse sentimento infame e esquizofrênico.

Entretanto, para os insistentes, aqueles que deixam que a saudade os consuma, deixo esse pequeno poema que escrevi ao sair do velório:

SAUDADE DE TI

*Ouvi dizer que a saudade*
*é aquele sentimento que brota em poucos,*
*que nos desintegra*

*mas diz muito*
*Ouvi dizer que ela se revela*
*nos cafezinhos partilhados,*
*nas páginas de um livro,*
*nos sorrisos de reencontro,*
*nas vielas frias da alma.*
*Ouvi dizer que ela*
*nos revela...*
*e nos faz contorcer*
*como uma fria e triste manivela.*

É isso... prefiro ser lido e amado, ou odiado e esquecido, do que ser velado. E que todos os amigos e inimigos respeitem meu querer. Então, esperei a noite chegar e, como não recebi nenhum telefonema, adormeci. Mas antes, liguei e certifiquei-me que o viúvo estava bem, porém, percebi que estava pronto para sair e festejar.

# PALAVRAS QUE AFASTAM

Numa tarde chuvosa, um grande amigo me ligou e me convidou para um cafezinho no Shopping. Aceitei, e nos encontramos. Reparei que ele estava ansioso e perguntei o que estava acontecendo. Ele me disse que estava apaixonado, que escrevera alguns poemas para sua nova musa, mas que temia entregar-lhe. Olhei para ele e disse: "meu caro, realmente dá certo temor entregar os sentimentos na forma de versos". Mas não disse que expor os sentimentos que sentimos por alguém sempre fora arriscado, e hoje mais ainda. Penso o porquê desse temor ser maior hoje, mas não ouso revelar a ninguém. Por isso, silencio meus pensamentos para o meu próprio bem. Porém, não resisti ao incomodo e buscando evitar que meu amigo sofresse constrangimentos eu lhe disse: "esconda as palavras e os versos em qualquer lugar, ou arremesse tudo pela janela. Só não os esconda embaixo do travesseiro. E... meu caro! ainda o aconselho a retirar tudo do coração, pois só assim não haverá julgamentos que fatalmente irão parar nas redes sociais. E não continue desejando aquele abraço, porque as palavras que se revelam sinceras, também se mostram sorrateiras em mãos estrangeiras. Ora meu caro amigo! esqueça tudo antes que seja tarde, e assim não haverá ilusões e você não ficará à espera de um sorriso, ou de um olhar, que nunca se mostrará".

Essas foram minhas palavras, porque depois de sofrer com a incompreensão e ser julgado, sigo aconselhando os atrevidos poetas que esqueçam seus versos porque eles podem se converter em provas de um crime e gerar inúmeros martírios. Sim, entramos numa era que os versos podem se converter em provas contra você num tribunal on-line.

Então, caros sonhadores, com determinação e coragem façam como eu, alimente as traças numa gaveta, ou rasguem as palavras, ou incendeiem tudo, improvisando fogueiras de letras. Só não neguem o vosso atrevimento e sentimento, incompreendidos. E, apesar da incompreensão sofrida e do injusto julgamento, ainda escrevi esse pequeno poema chamado Asco:

*Mergulho no trabalho*
*Afogo-me em minhas lágrimas*
*Naufrago em qualquer lugar*
*Num bar*
*No mar*
*Num penhasco*
*Na ilusão*
*Na cama vazia*
*Na tua ânsia*
*E até no teu asco por mim*

Mas não se culpem meus caros, apenas escondam seus versos e sentimentos, como forma de preservarem a própria vida.

# SOBRE OS SEPARATISMOS

No dia 27 de fevereiro, abri o jornal e li: Putin reconhece a soberania das regiões separatistas de Donbass, na Ucrânia. Depois, na feira, o assunto reinante era a guerra na Ucrânia, e percebi que havia vários especialistas em relações internacionais, em crise humanitária e movimentos separatistas. Não sou especialista como meus conterrâneos que ficam vinte e quatro horas nas redes sociais, mas me dou o direito de refletir sobre os separatismos e os noticiários da grande mídia presente em terras tupiniquins. Bem, sobre a independência da Catalunha: um referendo foi realizado e o "sim" pela independência obteve 90%. O governador da Catalunha Carles Puigdemont afirmou que a Catalunha ganhou o direito de ser um Estado. Resultado do seu discurso: foi decretada sua prisão, e para não ser preso o governador "fugiu" da Espanha. Um detalhe: a procuradoria geral do Estado alemão pediu que ele fosse extraditado pelo crime de rebelião e mal-uso de recursos (sim, crime de rebelião). Na mesma Espanha a região Basca também lutou por décadas pela sua independência, e sabemos o que sofreram os bascos. A Irlanda do Norte luta a décadas pela sua independência e o fato mais marcante dessa luta foi o Domingo Sangrento. Em 2021 a Irlanda do Norte voltou a conviver com "distúrbios", mas quase nada na mídia. Em 1859 a Chechênia foi anexada pelo império Russo. A Chechênia possui 1,4 milhões de pessoas, falam uma língua própria, o checheno, não são eslavos e seguem lutando pela independência. Os curdos lutam pela formação do seu Estado a décadas e, segundo eles, a Turquia, o Irã e a Síria anexaram partes do seu território. A lista de movimentos separatistas é longa e estende-se ao Iêmen, Sudão, e Saara ocidental. E não vamos esquecer dos Balcãs. Não sou especialista em separatismos, mas Donbass na Ucrânia não é o único caso. Em todas as lutas separatistas as covas são muitas e não me considero apto a julgar os lados envolvidos, mas percebo que a única diferença é o destaque dado pela mídia. Porém, em todos, o componente étnico linguístico está presente. A mídia também, mas com ligeiras diferenças. E ao retornar da feira percebi que minha vizinha além de ser expert em vacinas e vírus, tornara-se profunda conhecedora da História russa e ucraniana. Ela, até me presenteou com algumas *fakes* que recebera sobre o conflito no leste europeu. Porém, não as deletei, pois, me servirão para estudar os mecanismos de manipulação no mundo pós-moderno.

# TODAS AS CRIANÇAS E MÃES TÊM O MESMO VALOR

Quando a mídia ocidental cobria a guerra na Ucrânia, em fevereiro e março de 2022, drones americanos bombardearam a Somália, Israel bombardeou a Síria e, no Iêmen, bombas sauditas marcaram presença. Enquanto isso... palestinos continuam esmagados e sufocados por Israel. Então, pergunto: Quantas são as crianças e mães que perderam as casas nessas regiões? Alguém sabe dizer? Enquanto isso, no ocidente, muitos intelectuais e acadêmicos brasileiros se diziam indignados com a guerra na Ucrânia, preocupados com a crise humanitária causada pela invasão russa. Claro que todas as guerras geram crises humanitárias. E no Iêmen, Palestina, Somália, Síria, não há uma catástrofe humanitária? As dores das mães do Iêmen, da Somália, da Palestina e da Síria valem menos? E, aos intelectuais frequentadores da mídia eu digo que os bósnios, croatas e eslovenos foram massacrados, portanto essa guerra na Ucrânia, não é a primeira guerra em solo europeu depois da segunda grande guerra, como afirmaram certos veículos de comunicação. As manifestações de indignação, infelizmente, são seletivas, como as análises e coberturas da grande mídia. Talvez os corpos em solo europeu causem mais indignação do que as mortes em outras regiões do nosso globo. Por isso eu pergunto: será que essa indignação seletiva é uma das facetas do racismo estrutural? Bem, quanto ao crescimento do neonazismo... pelo visto não importa né!

Mas, há pessoas bem-intencionadas, pois, em pleno conflito no leste europeu, um grupo de voluntários brasileiros fez rifas para arrecadar dinheiro para ajudar os refugiados ucranianos. É uma atitude bonita, mas pergunto se os refugiados do continente africano recebem a mesma atenção da sociedade brasileira. Creio que a atenção dada a guerra na Ucrânia seja resultado da mistura do racismo estrutural com a hipocrisia midiática, que sempre se porta de forma seletiva. E, para a grande mídia eu destaco as palavras de Ernest Hemingway: "toda guerra é um crime, não importa a justificativa". Uma outra questão, ou mera observação: o ocidente conviveu e apoiou por décadas o fascismo, e basta estudar um pouco para saber quanto tempo durou o salazarismo e o franquismo, financiados e armados por potências ocidentais. Apoiados também pelo Vaticano.

Portanto, aos indignados orientados pela grande mídia eu digo: Todas as mães e crianças tem o mesmo valor, independentemente da cor da pele, dos olhos, ou do continente. As mães "indígenas" também estão sofrendo com ataques de garimpeiros e madeireiros. Num mundo de incertezas, a única certeza é que o fanatismo nacionalista e o fanatismo religioso irão crescer e eles são as armas do neoliberalismo. Bem, creio que é por isso que a extrema direita deseja minimizar a importância do ensino de História e Sociologia nas terras onde sabiás não cantam mais, porque estão envergonhados, ou não encontram um lugar onde possam pousar sem riscos.

# TEUS OLHOS PERSAS

Não há algo pior do que passar o dia desarrumado, dormir desarrumado, passar a noite desarrumado e acordar desarrumado. Realmente não há nada pior do que passar um domingo em desarrumação, principalmente quando nos iludimos depois de alimentarmos a esperança de um domingo capaz de ofuscar todos os outros.

Por isso, gostaria de lhe dizer: "a desarrumação é um estado desconfortável, instável e febril, que tem nome, que não teve data de chegada, que me cala, que arrombou a minha porta e me conduziu a ousar. Entretanto, a desarrumação me diz que estou vivo. Ela, mais uma vez me levará a silenciar-me, a esconder-me, a escrever, a transbordar e esvaziar garrafas sem ressentimentos de nunca ter encantado teus negros olhos Persas, que encantaram a mim e encantariam os tecelões das palavras que ainda residem na velha Isfahan. Creia... Eu gostaria de escrever sobre teus indecifráveis olhos negros, sobre tuas delicadas mãos, sobre teus cabelos que ando a observar nas inúmeras vigílias a que me imponho. Tento disfarçar, mas é impossível não observar a sútil delicadeza que carregas, repleta de uma ternura bem guardada. E depois de todas as palavras escolhidas e não ditas, depois de todos os olhares e desejos reprimidos, depois de todas as romarias percorridas pelo meu corpo, eu gostaria de escrever um poema para descrever esta estranha admiração que nutro por ti, que não revelei, pois temo ser julgado. Por isso guardo as palavras, como guardo a imagem que tenho dos teus melancólicos e sedutores olhos negros. Porém, reconhecendo meu temor e, sem ser admirado e não me importando, continuarei a admirá-la fazendo dessa minha oculta admiração a minha última trincheira".

Bem, creio que viveremos em trincheiras para não sermos julgados, ou criaremos nossos exílios como forma de autopreservação da espécie, ou do gênero, pois, nesse mundo globalizado e repleto de redes sociais que constroem tribunais e fóruns penais, devemos nos salvaguardar.

Faço dessas palavras meu último recado aos antiquados e românticos sonhadores que residem nas terras de Quintana e Drummond.

# TEUS OLHOS FLAMENCOS

No palco o bailar do flamenco incita meus pensamentos; as palmas e olés que harmonicamente seguem o ritmo das guitarras assemelham-se aos teus olhos que me fazem recordar de antigos cantos que reverenciavam e incitavam a felicidade e o desejo primaveril. São esses cantos, outrora orquestrados por irônicos sátiros e velhas bacantes, que licenciavam e incitavam corpos nas festas primaveris, que me fazem recordar de ti. Corpos, que no ritmo de antigas orações profanas, que ecoavam em todos os teatros, blasfemavam e se deixavam levar numa peregrinação devassa. São esses cantos e corpos que me lembram teus negros olhos flamencos. Olhos que encantaram esse servo de Dioniso que agora peleja além do Mediterrâneo na vã tentativa de domar e, quem sabe um dia... barrar a fúria que teus olhos desencadearam além das fronteiras catalãs, enciumando os deuses, que agora estão a descansar em paz, mas que me lançaram na mais sedutora tormenta. Por isso, manifesto na escrita, na velha POIESIS, aquilo que temo dizer-lhe, mesmo sabendo que tem endereço certo, que um dia esquecerei, pois o temor do julgamento revela-se uma prisão tão atroz como qualquer cárcere de grades e concreto, do qual muitos, como eu, buscam fugir.

É a POIESIS, mais delicada do que todas as prisões, que me permite aprisionar teus olhos hereges nas curtas palavras que carrego e assim... sigo sonhando. Sonho em transformar palavras num jardim a ser regado não mais com minhas lágrimas errantes, mas com carícias impossíveis que lhe sirvam de tatuagem. Porém, reconheço que isso não passa de um sonho que deve permanecer soterrado.

Entretanto, até que não sobre nada além do que meras lembranças de um longínquo passado carregado de pesadas brumas, continuarei temendo minhas palavras destinadas a ti, por temer teu julgamento que destruiria o pouco que restou dos nossos sorrisos. Por isso fujo e retiro-me como um velho espartano que cansado das inúmeras batalhas perdidas despedaçou seus últimos versos, nesse mundo um tanto esquizofrênico e despótico, onde o grande déspota são as redes sociais.

# O QUE EU GOSTARIA DE LHE DIZER SEM MEDO DE SER JULGADO

O que eu posso lhe dizer, sem temor de errar, é que teus belos olhos em harmonia com teus brincos formam uma aliança que seduz o mais infame dos amantes, ou o mais infame dos poetas que derramaria perante ti palavras humildes, atrevidas, que nem os deuses ousariam dizer, ou censurar, ou contradizer, pois, nenhuma esquadra poderia salvá-los da tua enigmática beleza, capaz de desabar o imortal e hábil Odisseu, que, se vivo estivesse, ficaria perplexo diante de tamanha beleza. Talvez ele pensaria em te sequestrar, como fez o insensato príncipe Páris, que depois naufragou na dor ao presenciar as muralhas da sua velha Troia sucumbirem. Mas reconheço que minhas muralhas já desabaram e que minha dor se transmutou em versos. Por isso a insônia, a bebedeira, a ressaca, e o reconhecimento de que as minhas faltas contribuíram para essa estranha angústia que agora sinto. Porém, pedirei aos deuses que ergam uma nova muralha que ofusque os teus belos olhos bárbaros e assim... não permita que eles cruzem com os meus, que vagam solitários e frios nas gélidas ruas que se tornaram minha morada nessa minha longa travessia repleta de madrugadas infindáveis, nas quais não encontro repouso depois das inúmeras batalhas noturnas.

Agora, nessa praça fria, entre consumidores com seus olhos vidrados, eu tento escrever expurgando meus pecados. Porém, sigo imaginando se todos esses andarilhos que sofrem dia e noite com projetos e desejos higienizantes, continuam sonhando.

É meia noite e novamente uma sirene está anunciando que há coturnos de prontidão para lembrar a todos esses corpos que suas existências não agradam aos que gritam: "Deus acima de todos!". Oras... é nessa hora que penso no massacre da Candelária, nos hipócritas "homens de bem" e, em todas as chacinas; porém... não esqueço dos teus belos olhos hereges.

# OS "BILAUS" DOS CANARINHOS FORAM RESSUSCITADOS?

No dia 11 de abril de 2022 acordei bem cedo, peguei o jornal e li uma notícia que dizia: "Forças armadas compraram mais de 35 mil comprimidos de Viagra". Naquele dia pensei se tudo isso era para continuar "fudendo" com o país? Me lembro que após ler a matéria e refletir um pouco, tornara-se compreensível para mim a frase do poeta Bolchevique Maiakovski: "Dizem que em algum lugar, parece que no Brasil, existe um homem feliz". Sim, essa frase irônica tornou-se compreensível com a denúncia sobre a compra de um carregamento de Viagra para os quartéis. Talvez superfaturados. Mas, creio que os generais, brigadeiros e almirantes devem ter ficado muito alegres com o carregamento dos comprimidos azuis que prometem o fim da fraquejada. É isso: um vento alegre e azul atingiu as fardas causando a revoada dos bilaus naquele abril de 2022. Mas isso trouxe preocupação naqueles dias, pois, imaginei que com a virilidade renovada, a tentação de continuar "fudendo" a nação com certeza permaneceria dentro das casernas. Então, pensei em dar uma sugestão ao Movimento

"Brasil livre", mas depois do meu almoço. Na época, pensei em escrever para o MBL sugerindo que substituíssem a frase "Escola sem partido" por "Quartéis sem Viagra". Essa ideia é minha, surgiu no dia 11 de abril de 2022, porém não foi patenteada, então respeito.

Bem, hoje fico pensando nos críticos das vacinas, em todos que se recusaram a tomar vacinas e que nunca se perguntaram sobre a fórmula do Viagra, produzido pela Pfizer, que também produziu uma vacina contra o Sars-CoV-2. Até imagino se as pessoas continuariam tomando Viagra se uma *fake* apontasse que os comprimidinhos azuis contêm um chip chinês ou um micro feto de rato. Fiz esse comentário a um primo e ele respondeu: você deveria morar em Cuba!

Então... só me restou responder: bom almoço primo, seguirei seu conselho!

# DIQUES

Ouvi dizer que, na antiguidade, os sábios babilônicos relacionavam as furiosas cheias do rio Eufrates à destruição das plantações e às paixões humanas, esses estados de embriaguez e surdez. As paixões também eram associadas com as passagens dos cometas. Então, como as previsões matemáticas desses sábios eram infalíveis e sabendo que a ascese da natureza dava lugar à violência das águas... diques eram reforçados a cada cem anos, evitando prejuízos.

Porém... sobre as paixões... como não existiam diques suficientemente fortes para contê-las, era recomendado que o seu transbordamento represado fosse, mas... em versos. Por isso, seguindo essa antiga receita, escrevo para conter essa minha furiosa embriaguez que agora transborda incontida, porém, reprimida e devassa

E assim continuo embaralhando as palavras, somando letras, fechando portas e comportas nas tantas madrugadas frias e analógicas que trago em mim. Madrugadas cuja única voz que ecoa e ouço é a da minha consciência que nada tem de familiar com os sábios babilônicos, embora eu saiba que ela se assemelha aos antigos diques, construídos para conter a violência das furiosas cheias do velho Eufrates. Bem, é esse o caráter da consciência: ser um vigoroso dique para conter nossos desejos, que não podem transbordar, mas que se transformam em versos que serão devorados pelas traças numa gaveta qualquer.

Porém, não me inibi e entreguei alguns poemas para ela, que continua me encantando com aqueles lábios, brincos e cabelos. Também gostaria de dar-lhe uma flor, mas pensei que seria muito atrevimento de minha parte. Afinal, também tenho um certo temor de ser julgado e apedrejado nas redes sociais.

# E AQUELA SALA SEMPRE ESTARÁ VAZIA!

Em março de 2020 uma ordem fora dada e as salas de aula tornaram-se vazias, logo os corredores universitários entristeceram e o silêncio reinou. O campus fechou suas portas, todos se recolheram. Eu parti, e aquela deliciosa balbúrdia entrou em quarentena. A partida, o medo e a reclusão caminharam de braços dados nos anos pandêmicos. Anos de partidas e saudades. E as pessoas partem forçadas, arrancadas de suas terras, atrás de um sonho, ou apenas partem. Mas todas as partidas são acompanhadas pela musa saudade que logo transforma-se em ritmo, como se essa relação fosse uma lei natural, ou uma espécie de metafísica da natureza. Uma relação evidenciada pelo Fado e pelo Blues, esses ritmos, que marginais no início, sempre andaram de mãos dadas com a saudade e com muitas gotículas salgadas que transbordam dos olhos marejados de quem parte e de quem fica. Mas depois de dois anos... enfim o retorno, e ele chegou anunciando que uma nova e deliciosa balbúrdia dará sua cara. Porém, mesmo com o retorno tão aguardado e apesar de novos rostos, a saudade me diz que aquela sala de aula e aqueles corredores sempre estarão vazios. Não ouvirei aquelas vozes e não encontrarei aqueles sorrisos.

Acato a ordem de retornar com imenso prazer e, mesmo sabendo que antigos rostos não estarão naquela sala, felicito os novos, sabendo que continuarei acompanhado pela saudade... porque aquela sala sempre estará vazia. Talvez, um dia, eu escreva sobre a metafísica da saudade, mas, por enquanto, contento-me com o Soul, esse neto do Blues, que agora me diz muito sobre aqueles olhos, aquele coração e aqueles brincos.

Bem... retornei no seco mês de maio de 2022. Um retorno analógico, carinhoso e saudoso. Só não digo, mas me pergunto: Quando será a próxima pandemia?

# ESPELHO

Todas as noites ele toma algumas doses antes de retornar para casa. Um ritual que ele segue fielmente. Creio que faz uns doze anos que ele faz uma peregrinação bebericando doses de gin, vodca, ou qualquer outra bebida disponível. Outro dia o encontrei e perguntei como estava se sentindo, pois, sua mulher fora enterrada há três semanas. Ele me olhou, sorriu e disse que estava bebendo mais. E com aquele seu característico olhar faceiro disse que só deveria ter autorização para ser alcoólatra aquele que vive na mais completa solidão e que se contentara com a morte dela. Ele ainda me disse: "meu caro amigo, como sei que não deixarei saudades e nem provocarei lágrimas de despedidas ou lamúrias, estou feliz e liberado para me embriagar todas as noites". Disse também que somente pessoas como ele deveriam estar autorizadas a ter uma nobre vida etílica.

Talvez tenha dito isso porque acreditava que só agora está livre para beber mais. Disse também que sua mulher nunca se importara com seus excessos alcoólicos. Bem, quanto a ela, não sei dizer, mas, depois de ouvir suas palavras conclui que - como preencho os requisitos... é bem provável que eu peregrine nas noites frias, procurando bares melancólicos para reconfortar-me em balcões onde padecerei a cada trago bem vivido. Porém, sei que terei como única companhia apenas alguns corpos desconhecidos e alguns copos e garrafas que, às vezes, amanhecerão ao meu lado, mas, calados como eu. Portanto, como não me casei, não enterrei namorada, nem amante, ou concubina, reconforto-me sabendo que apenas minhas narinas sentirão o odor fétido que exalará do meu corpo. Por isso leio Bukowski, deleito-me com Hemingway e procuro escrever alguns poemas para entreter minha sombra e enganar meu desejo, pois sei que abrir a porta todas as noites, percorrer sozinho os cômodos da minha residência e entrar em luta imaginária com o espelho, requer um sólido desapego.

# CATADOR

Mais uma manhã terminou. As barracas estão sendo recolhidas e a feira livre despede-se mais uma vez. No chão... restos de verduras, frutas descartadas e legumes desprezados esperam para ser recolhidos por um corpo negro. Ele é apenas mais um catador de restos indigestos que, danificados, foram desprezados. Porém, quem sabe dizer se ainda são nutritivos! Mas ele segue sua sina e com seu corpo negro invisível, circula em meio aos corpos que se fazem visíveis no fim de mais uma manhã. Um fim nebuloso, inexpressivo e rotineiro. Observo que ele, o corpo negro, calado, recolhe os restos. Não sorri, demonstra preocupação. Talvez não ouse sonhar, mas, entretanto, abre-se as diversas contaminações. Seus filhos o esperam sorridentes, brincando, e sem saber o que lhes aguarda, sonham. Eu o observo e observo seus filhos, enxergo a invisibilidade, mas não o futuro daqueles pequenos corpos. Me aproximo deles, ofereço pastéis, eles sorriem e aceitam, porém, percebo que estão envergonhados. Então eu digo bom proveito e sigo para casa com minhas compras. Porém, reflexivo e um tanto triste, acomodo as compras na geladeira.

No sofá, deitado, depois de arrumar as compras na geladeira, me pergunto até quando. Não tenho respostas, mas sonho e sei que meus sonhos são diferentes dos sonhos daqueles corpos que, felizes, mais uma vez seguirão para casa comendo seus pastéis. Sei que é algo raro, que não sobrarão migalhas e terão vontade de comer outros.

É assim em todos os finais de feiras. É assim desde o tempo da Casa-grande. Porém, agora, ouvi dizer que todos devem ser empreendedores.

# O QUE BACURAU E O FILME PANTERAS NEGRAS TÊM A NOS DIZER?

Recordo-me de um rápido diálogo que tive com uma amiga sobre uma questão extremamente delicada: a relação que a extrema direita brasileira faz entre armar a população e a defesa das liberdades políticas e civis. Um diálogo que nunca me abandonou, pois, ele está presente em minha memória e me faz pensar nos filmes Bacurau e Panteras Negras.

Esse diálogo ocorrera numa linda manhã ensolarada e se iniciou quando minha amiga, um tanto angustiada, e com muita razão, disse: "olha meu amigo, quando um governo, ou partido, ou um movimento político tem a intençao de transformar em política de Estado a violência, não consigo imaginar como será o futuro, ou melhor, não consigo sonhar, pois, reinam os pesadelos". Eu disse a ela que compreendia sua angústia, mas que tomasse cuidado para não adoecer. Sei que ela me ouviu, porém, como estava ansiosa e muito angustiada, continuou: "Querido, hoje, dia 19 de abril de 2022, observando essa bela manhã ensolarada, acabo de ouvir, incrédula, o discurso do ex-secretário de fomento à cultura dizendo que dinheiro público seria mais bem empregado com a criação de vídeos, *lives* e *podcasts* para convencer os brasileiros sobre a importância de armar a sociedade para garantir as liberdades e, ele ainda disse que finalmente a lei Rouanet seria bem empregada". Eu a ouvi atentamente e minhas palavras foram: "procure descansar a cabeça, sei que vivemos em meio a discursos de ódio e que o culto a violência se faz presente, mas para o nosso bem devemos manter certo equilíbrio". Porém, como eu também estava ansioso e preocupado, também lhe disse: "Bem minha amiga, a relação entre a garantia das liberdades e portar arma é uma aberração, mas ter arma para a prática de tiros é algo presente, inclusive em pessoas que se posicionam no campo da esquerda. Conheço professores, psicanalistas e juristas que possuem armas, gostam e praticam tiro. Nenhum se familiariza e nem defende a esdrúxula ideia do porte de armas para a garantia das liberdades. E quanto a mim, eu não gosto de armas de fogo, sou pelo desarmamento, mas não é só um lado do espectro político que tem pessoas que apreciam este instrumento".

Depois de lhe dizer isso, logo me veio à mente a exibição que assisti do filme Bacurau e a reação da plateia no final. Então eu ainda lhe disse: "minha cara, você assistiu ao filme Bacurau? Eu assisti e me recordo que no final do filme os espectadores vibraram quando as pessoas da vila venceram os vilões milicianos. E venceram como minha amiga? Com armas! Isso nos permite refletir sobre a cultura bélica que avança na nossa sociedade e que é vista com certo glamour, supostamente a esquerda. Então minha cara amiga, confesso que fiquei espantado com os aplausos".

Hoje, distante da exibição do filme, do fervor público que

presenciei e recordando da conversa que travei com ela sobre o direito ao porte e uso de armas, penso se o filme Bacurau, implicitamente, nos diz que na ausência do direito é a força que deve prevalecer. E recordando os aplausos da plateia penso no consentimento que uma parte da sociedade dá para o emprego da força. Entretanto, reflito se a relação entre o porte de armas e o direito do cidadão em garantir suas liberdades, conforme prega a extrema direita, não seria um outro lado da mesma lógica que valoriza a força ao invés do direito? E lanço essa pergunta porque penso que o filme Bacurau está nos dizendo que a força é legitima se for usada para garantir o direito e a própria existência. Bem, o filme sobre o movimento Panteras Negras também nos permite refletir sobre o uso da força e quem assistiu deve se lembrar do momento que jovens negros estão armados confrontando a polícia e citando um artigo da constituição americana que lhes garante o direito de ter armas e portá-las. E eles, armados, fazem a polícia recuar. Essa é uma cena emblemática, assim como o final do filme Bacurau. Por isso julgo que esses dois filmes realçam que em determinado momento o emprego da força é válido.

Também penso se a frase que minha mãe me disse continua válida: "pau que dá em Francisco, também dá em Chico". É por isso que com certo cuidado digo que o discurso do filme Bacurau e do filme Panteras Negras pode ser apropriado tanto pela extrema direita quanto pela esquerda, pois, eles estão inseridos na lógica do culto a violência que paira sobre nossas cabeças e diz que o uso da força pode, eventualmente, ser legítimo. E por último... apenas um detalhe: o público também vibrou quando os Panteras, armados, fizeram a polícia recuar. Por isso, penso que o uso da força sempre estará no horizonte.

# ELES FINGEM E, QUASE SEMPRE, ELAS PAGAM O PREÇO

Na fila do banco, ouvi uma senhora dizer a um homem: "estou preocupada com meu sobrinho, porque o jovem parece estar enlouquecendo!". E ouviu daquele senhor: por que a senhora acha que ele estaria perdendo a razão? E aquela senhora lhe disse: "ele não para de ler, escreve poesias e além do mais, está cada vez mais fechado no seu quarto, nem liga a televisão, dá socos na mesa e... diz que aquela vagabunda vai pagar". Então, observei que o homem sorriu e disse: "minha senhora, não se preocupe, pois... ele deve estar apaixonado, logo encontrará outra e, tudo se ajeita".

Em silêncio, ouvindo aqueles comentários e preocupações, pensei: sei o que é isso, mas talvez não tenha cura. E quanto ao silêncio e a busca por reclusão lembro que também me comportei assim, bem depois do término de um namoro, e que devido ao meu encantamento, achei que nunca teria fim, mas teve. E depois só restou o vazio e a minha frenética busca por explicações.

Bem, me recordo que não me contive e entrei na conversa, afinal sou bicudo e, quando ouço esse tipo de assunto, logo minha memória é reativada e imagino o sofrimento daqueles que estão sentindo o vazio gerado pelo fim de um relacionamento, e os perigos decorrente de certos estados e desequilíbrios que surgem. Então, me recordo de ter dito aquela senhora que tudo se ajeitaria com o tempo, ou com doses de cachaça e, depois, a dor transforma-se melancolia. Até que as comparações apareçam. Me lembro que ela me olhou e disse: o que o senhor quer dizer com comparações? Então eu disse a ela que quando o grande amor parte, sempre comparamos a pessoa que disse adeus com as outras que surgem em nosso caminho, como se fosse possível duas pessoas gêmeas. E, ainda lhe disse: "minha senhora, demora muito para percebermos que não encontraremos uma pessoa que possa ser comparável a pessoa amada que partiu e, às vezes, com muita razão. Mas todo ente que está entregue a paixão é no fundo um idealizador e por isso é um poeta, mesmo que não tenha palavras". E a aquela senhora... me olhou muito séria e perguntou: o que é um poeta para o senhor? Então eu disse a ela: "o poeta é aquele ser que chora no banheiro, sangra, sente taquicardia, mas só revela as origens de seu desconforto para a luminária, para a caneta e para as sombras, se bem que agora, alguns que não possuem escrúpulos e com desejo de vingança, revelam para as telas de um computador as histórias onde ele é a vítima incompreendida. Esses... ah! são mentirosos, difamam os antigos amores e, demonstrando o seu egocentrismo, continuamente culpam a pessoa que partiu. Mas nunca procuram saber as razões do adeus, não pedem desculpas e pior, dizem aos amigos que estão aliviados. Depois, desenvolvem instintos persecutórios ao verem a felicidade de quem partiu. Então, minha senhora, na madrugada ele acorda, vira de lado e encolhe-se procurando mecanismos de vingança. É isso o que a senhora tem que se preocupar para evitar que seu sobrinho seja o próximo a cometer mais um feminicídio".

Ela olhou para mim e, enraivecida, disse: meta-se com sua vida, meu sobrinho não é igual ao senhor!

Uma semana depois desse diálogo "saudável", retornei ao banco e por coincidência a caixa era a mesma que havia presenciado a conversa. Mas antes de fazer meu pedido a moça do caixa disse: "o senhor se lembra daquela senhora preocupada com o sobrinho? ele deu três facadas na ex-namorada". Ouvi, pedi a moça do caixa que fizesse um saque de oito mil reais e me despedi. Porém, segui para casa pensando quando notícias como essa deixarão de existir, ou se realmente o sobrinho daquela mulher é igual a mim.

# UMA PICHAÇÃO DIZ MUITO

Numa bela manhã de inverno, com aquele solzinho característico e aquele céu azul, sem nuvens, recebi um convite para um café da manhã. Era de uma amiga, que acabara de chegar de uma viagem de férias e queria me contar suas aventuras. E nada melhor do que um cafezinho, um pãozinho quente e o calor de uma amizade logo nas primeiras horas do dia. Aceitei, e ela disse que passaria na minha casa para irmos até a padaria. Tomei um banho, me arrumei, ouvi ela chegando, abri a porta e seguimos a pé rumo ao encontro do nosso café da manhã. No caminho ela observou que havia um muro com a seguinte pichação: "Ame pessoas, não coisas!!!!".

Ela me perguntou o que eu achava dessa afirmação, que para mim se apresenta como uma súplica. Eu disse a ela: "eu concordo, porém, a maioria das pessoas sempre julgam, poucos compreendem, porque há vários tipos de amar, e que talvez as incompreensões e julgamentos decorram de as pessoas não entenderem essa multiplicidade de afetos, mas que são resumidos numa única palavra". Mas eu não lhe disse que o temor dos julgamentos tem me conduzido a uma vida cada vez mais solitária e percebo que com o avançar dos anos, com a proximidade da morte e distanciamento do nascimento, tenho me tornado cada vez mais medroso. Sei que aquela pichação diz muito, talvez seja um pedido de socorro, um alerta, um aviso do abismo em que nos metemos, mas também penso que ninguém tem força para alterar o caminho que estamos trilhando. Recordo, que após o cafezinho, voltamos para casa, olhamos novamente aquela frase e minha amiga comentou: você tem razão, mas você ainda insiste em escrever né!

Só me restou sorrir, concordar e dizer a ela que sigo escrevendo no meu quarto, mas com a porta e janelas fechadas e, que ainda tampo o buraco da fechadura e vedo bem a janela para que meus pensamentos não escapem e me criem embaraços. Ela sorriu e perguntou: "quando tomamos outro café da manhã?".

Foi nesse instante que acordei e, assustado, corri para fechar a janela.

# O MATRIMÔNIO E A EXTINÇÃO DOS ABRAÇOS

Nos anos que morei em Ouro Preto, quando se aproximava o mês de outubro, eu me preparava e, em todas as noites, aguçava meus ouvidos e ficava de prontidão para comparecer na escadaria da Igreja de Santa Ifigênia, onde reverenciava os batuques que, até hoje, enaltecem São Benedito e Chico Rei. Ao ouvir os primeiros toques nos tambores, subia a ladeira da Vira Saia, acompanhado por três mulheres, que sempre considerei minhas grandes amigas. Combinávamos subir a ladeira e acompanhar o cortejo dos velhos Catopés que entoavam ladainhas. Nos encantávamos com aqueles cantos e banzos que acordavam o Sr. Benedito, que sempre se apresentava festeiro e que acompanhado pelos seus batuqueiros, sorria lá no alto da torre. Nossa imaginação fluía, fervilhava e, lá do alto, avistávamos a velha Ouro Preto que se mostrava mais viva, mais amorosamente barroca. Nós, sempre sorridentes, acompanhávamos o cortejo, descíamos a ladeira e depois, rumo a rua direita, nos embriagávamos pelo caminho ouvindo aqueles tambores e bebericando doses e doses para nos aquecer. Às vezes, reverenciávamos dona Carolina e sua bela obra *Quarto de despejo*. Pensávamos nos demais quartos onde negros corpos habitavam naquela velha Ouro Preto. Por anos afirmamos nossa amizade revelando nossos gostos literários, nossas preferências musicais e assim construímos nossos laços que julguei inquebráveis e, por isso, eternos. Lembro de uma amiga sempre dizer que dona Carolina denunciou os muitos quartos de despejos que já haviam sido anunciados nos distantes tumbeiros. Concordávamos que essa era uma sina difícil de ser quebrada, que atravessara o Atlântico, formando um cortejo fúnebre. Trocávamos ideias, bebíamos e, os anos passaram...então nós formamos, e a distância e os matrimônios selaram o fim dos abraços, das bebedeiras e das subidas e descidas por aquelas ladeiras.

Hoje, nesse dia 16 de maio de 2022, lendo o livro *A queda* de Albert Camus, reflito se o casamento realmente é a burocratização do imaginário e o freio que impede abraços, bebedeiras e trocas literárias entre um homem e uma mulher. Penso isso porque converso sempre com uma dessas amigas, de Ouro Preto, e ela é muito enfática em dizer: "ninguém, que não tenha vivido lá, sabe o que vivemos. Não compreendem que é possível uma amizade entre um homem e uma mulher, mesmo que seja no frio da velha Vila Rica". Não discordei, porque sei que os abraços lentamente desaparecem quando os homens, perante o altar, juram amor eterno. Juram e não conhecem as várias formas de amar que possa existir entre as pessoas. Bem, só me resta esperar que outros abraços surjam no horizonte, pois, não me casei, e elas sim.

Voltei a velha Vila Rica, subi a ladeira da Vira Saia, depois as escadarias da igreja de santa Ifigênia e próximo a imagem da santa, fiz um juramento: jurei nunca mais amar. Porém, sou ateu, não renunciei aos abraços, mas me conformo com a ausência deles, pois, o distanciamento em relação ao passado faz parte do contrato selado por duas pessoas perante um sacerdote qualquer. E nem um telefonema!

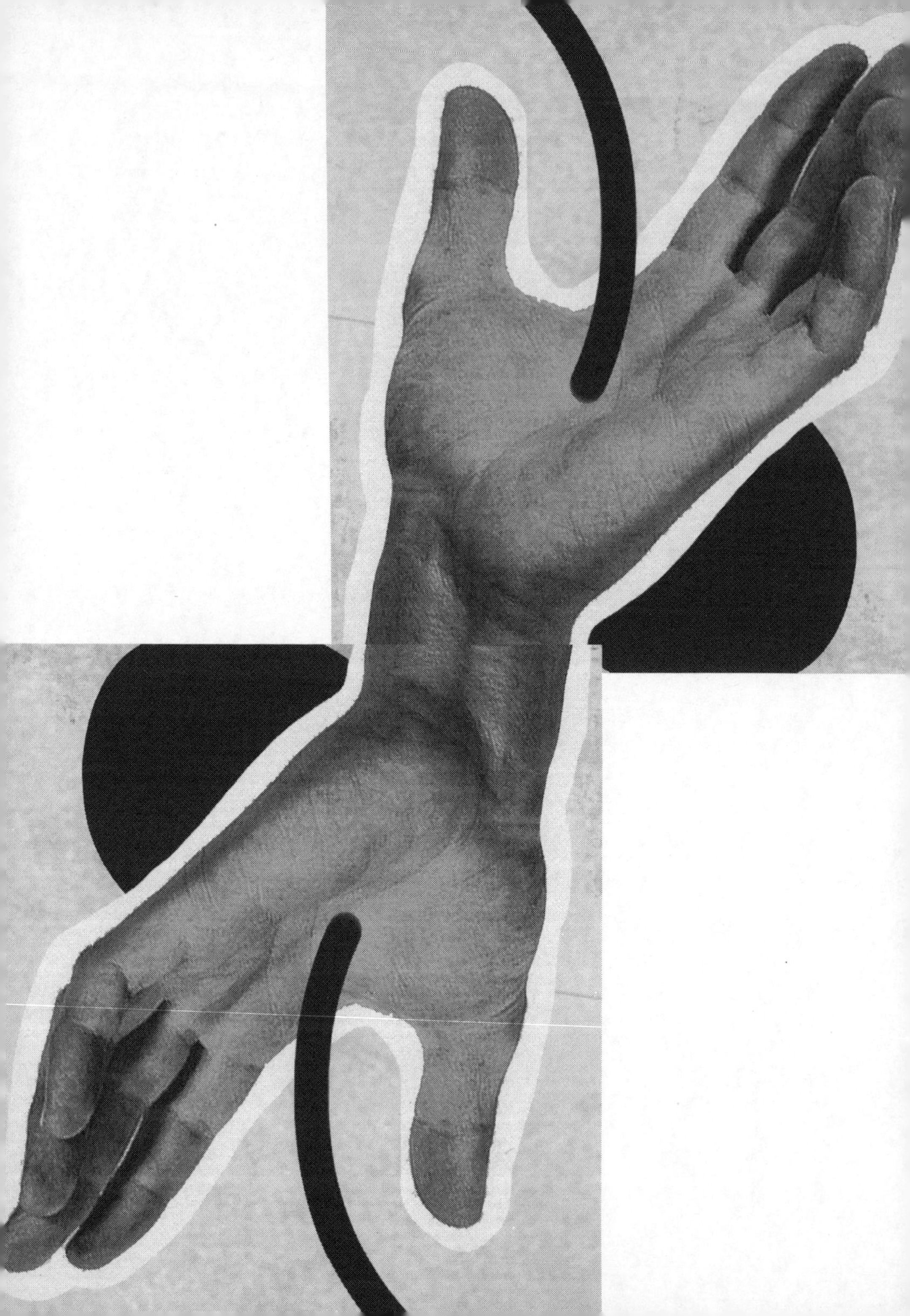

# EMPATIA APENAS?

Foi durante uma festa de réveillon que uma amiga me perguntou: você tem empatia com todas suas alunas? E, antes de responder, perguntei a ela por que fez essa pergunta. Ela sorriu e disse: "estou curiosa para saber o que os professores sentem diante de uma sala repleta de jovens mulheres, curiosas, inteligentes e belas". Fui claro e lhe disse que diante delas há um profissional, interessado em partilhar saber, refletir com elas sobre questões científicas e quem sabe despertar o gosto pelo saber e a curiosidade. Além disso, depois de ficar um pouco pensativo eu também disse a minha amiga: "minha cara, na frente delas há um profissional de carne, osso e imaginário, portanto, com seus fetiches e desejos, porém, sabe sobre seus limites e, também sabe que na frente dele há um mosaico de belas mulheres igualmente feitas de carne, ossos e imaginário, portanto com seus desejos e fetiches e que com certeza passam distantes de mim. Minha querida... dentro da sala e fora dela há a seriedade, o compromisso e o respeito, porém não sou um computador". Minha amiga sorriu e disse: "deve ser difícil!". Então, eu olhei para ela e disse que não. Não satisfeita, inquieta, ainda perguntou: por que você crê que o imaginário de todas elas passa distante de você?

Fiquei sem resposta naquela noite, mas hoje, pensando bem, eu lhe diria que ninguém quer saber de um computador malconservado, antiquado e prestes a ser aposentado.

Bem, só pessoas com muita empatia com você podem fazer as perguntas que minha amiga fez para mim naquela noite e ouvir as respostas que dei. Mas é isso, os profissionais da educação são feitos de ossos, carne, desejos e fetiches, porém devem preservar o distanciamento e caso haja uma afetividade e admiração maior por alguma jovem aluna, faça como eu: escreva poesias, deposite seus sonhos nelas e não espere mais nada, pois o tempo é cruel e você não pode evitar o envelhecimento. E é refletindo sobre o envelhecimento que penso na nostalgia e no livro "Meu país inventado", de Isabel Allende. Numa pequena passagem dessa obra a autora diz que ela imagina a nostalgia como uma tristeza por estar distante da pátria. Bem, nunca fui exilado, mas sinto a nostalgia como tristeza, porque ela me faz perceber o quanto estou distante da juventude. Pois bem, para Isabel Allende a nostalgia tem relação com a pátria distante e para mim a nostalgia tem relação com a distante juventude. Sinto que a velhice é um tipo de exílio que todos estão condenados. Então resolvi escrever um poema, que tem destino certo e, deixo aqui um pequeno trecho dele:

*Empatia não nasce com a idade*

*nem com a saudade e muito menos com a amizade*
*Empatia é aquela afetiva cumplicidade*
*que atravessa todas as estações do ano*
*e nos cimenta como se fôssemos um*
*Daí que a empatia não se constrói com reza forte*
*Empatia é eu e tu, tu e eu, dentro de nós dois*

*Empatia é esse nosso todo*
*construído com nossos singulares*
*que estão a festejar como se fôssemos um*

Amanhã, ao acordar, talvez eu pense novamente nas perguntas da minha amiga e nas estreitas relações entre o exílio, a nostalgia e o masoquismo no meio acadêmico e profissional.

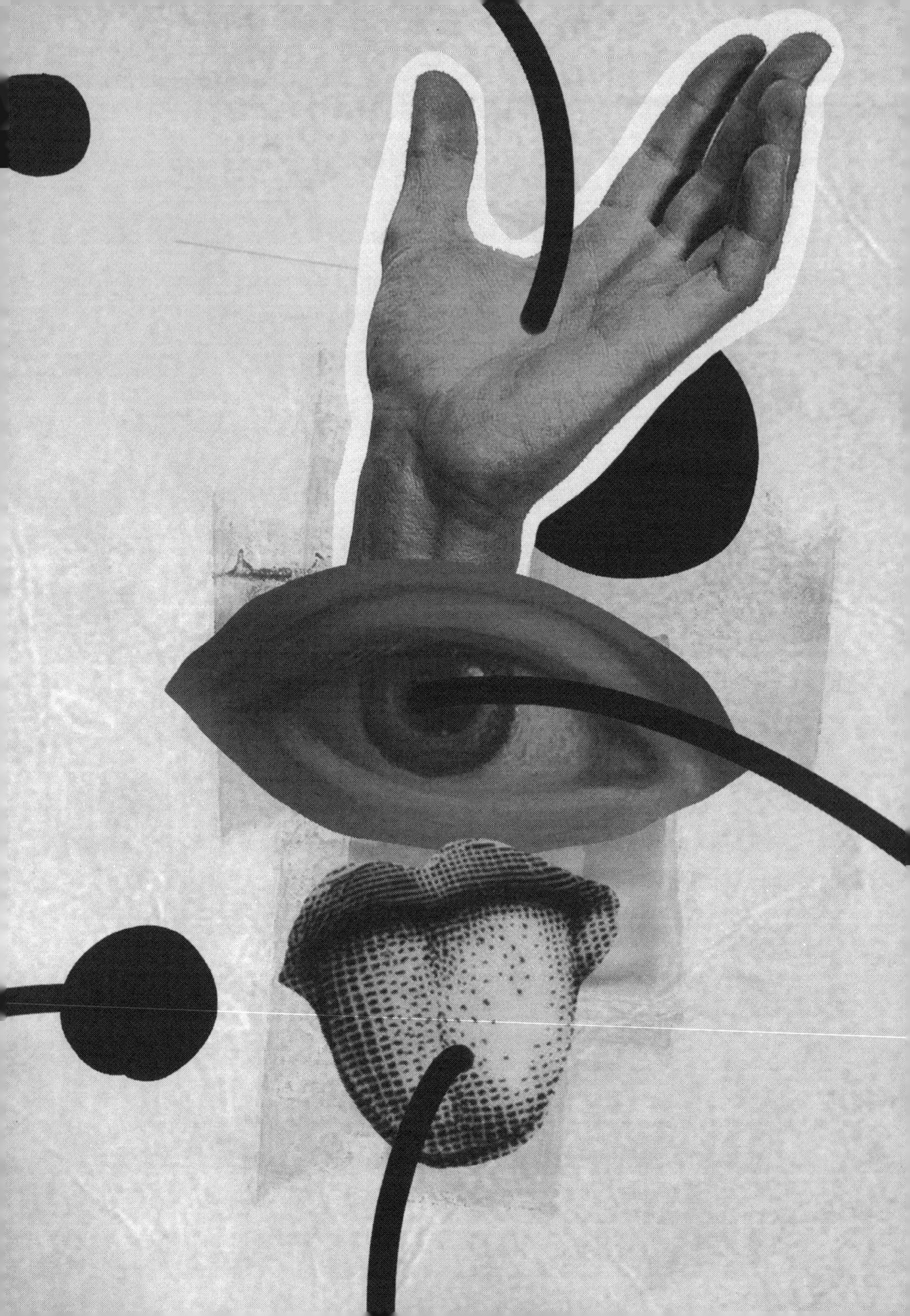

# ALFORRIAR-SE

Se alforriar do almoço de domingo é uma atitude revolucionária! Para muitos... não é, porque existem aqueles que têm certeza do que é ser um "revolucionário" e isso não se parece com o ato de recusar o almoço de domingo, repleto daquelas piadinhas rotineiras depois da sobremesa. Mas dizer chega, basta! ao modo de viver, sentir e olhar, é para poucos. E, nos domingos, os cheiros da infância invadem, e renunciar a eles necessita coragem. Reinventar os odores da infância é reinventar memórias. Por isso felicito a coragem de ex-alunas, que hoje moram sozinhas, buscam alforriar-se e seguem lutando. Quanto a mim... fico na torcida para que elas tenham força, consigam construir seus caminhos e tenham novos olhares. Bem, foi pensando nelas que resolvi fotografar os grafites abrigados nos viadutos da minha cidade, porque meu olhar diz que os viadutos seguem servindo de abrigo aos invisíveis e a arte. E, fora num belo dia ensolarado, depois de percorrer a cidade e registrar inúmeros grafites com minha máquina fotográfica, encontrei um velho amigo que me perguntou o que eu estava fazendo, em pleno domingo, com a máquina pendurada no pescoço. Eu disse para ele que estava fotografando grafites e que para mim eles enfeitam e transformaram os espaços públicos em espaços de arte. Porém, ouvi dele: "nunca reparei nessas pinturas! Acho que deixam a cidade suja, não gosto". Refleti um pouco e lhe disse: "acontece meu caro, é que o seu olhar nunca foi para outra direção".

É por isso que imagino que alforriar-se passa por não estar condicionado, ou preso aos conceitos de política, beleza e arte que circulam nos salões e academias. Bem, o que espero das minhas ex-alunas é que ressignifiquem seus olhares, porém, sei que para isso é preciso muita coragem. Então, que a coragem não lhes falte e que façam bom uso das teses de Nietzsche sobre o homem de rebanho e sobre a arte enquanto instrumento regenerador da cultura. Mas quero dizer a elas que libertar-se é não estar dentro de nenhuma espécie de rebanho e que isso só é possível com o não pertencimento. Direi ainda: a carta de alforria, na modernidade, passa pela liberdade de interpretar, sentir e ler o mundo, sem os ditames de um rebanho e seus conceitos. Bem, é provável que eu ouça delas: Professor, como se consegue não pertencer a um rebanho? O senhor conseguiu?

# A CONTEMPLAÇÃO DA BELEZA

No decorrer da minha aula de Sociologia da arte, quando eu iniciava minha fala sobre a apreciação subjetiva da beleza, fui interrompido por uma aluna que fez a seguinte pergunta: "Professor o que o senhor acha da contemplação da beleza e do ficar?" Estranhei a palavra "ficar" e perguntei a ela o que significava esse tal... FICAR. Então ela disse: "é que ontem ouvi um psicanalista dizer que existem pessoas que só se preocupam em ficar com as outras e que isso demonstra um certo medo de compromissos e responsabilidades. Então professor, passei a noite me perguntando se o ficar tem relação com a contemplação da beleza, afinal as pessoas escolhem com quem ficar e se empenham na conquista, mesmo que seja por uma noite". Olhei para ela e disse que iria tentar dar uma explicação que servisse para diferenciar o ato de ficar da contemplação da beleza. Comecei citando a frase do filósofo espanhol Ortega y Gasset: "A beleza foi feita para ser roubada". Essa frase está na crônica sobre o roubo do quadro Monalisa escrita por Gasset. Acontecimento que ocorrera em 1911. E depois eu disse a ela: Ortega y Gasset analisara os depoimentos do ladrão, que furtivamente apanhou o quadro Monalisa, o embrulhou, levou para casa e, ao chegar, o colocou em cima de uma mesa, abriu um vinho e ficou contemplando a obra, nos mínimos detalhes. Minha querida, Ortega y Gasset ao analisar esse fato que ocorrera no mundo das artes, nos induz a pensar que talvez exista muita mais afeição no ato do ladrão-criminoso do que nos atos dos turistas que vão ao Louvre e a outros museus e, só se ocupam em registrar momentos fugazes ao lado de obras de arte, para depois dizer: olha eu aqui, com a obra! Fotografam uma, duas, três, quatro obras e, sempre sorridentes, transformam esses momentos em números, apenas números. É isso o que penso do "ficar" minha aluna. E quanto a contemplação da beleza e do charme, creio que o ladrão exemplifica melhor, pois ele, em completo silêncio, ficou anos admirando Monalisa, antes de ser descoberto. Sim, admirou a obra por anos e, calado, no silêncio do seu quarto, com medo de ser descoberto, na certa observou os detalhes minunciosamente. Observou os cabelos, os lábios e, talvez, com um belo sorriso. Então minha aluna, comparo o "ficar" com os registros fotográficos que as pessoas fazem para mostrar onde e com quem estão e, assim procedem, por vaidade, ou para demonstrar um suposto dom de conquistador. Quanto a contemplação da beleza minha aluna... ela ocorre no silêncio, sem alarde, sem se deixar perceber, pois o encantamento não é um mero registro fotográfico a ser mostrado aos amigos, ou ser exibido em público como um troféu. Ele é eterno. E quanto ao roubo da beleza...é isso o que um poeta faz ao escrever seus poemas, sempre temeroso de ser descoberto e julgado. E hoje, o medo é maior devido as redes sociais. Claro, sempre elas! Entendeu?

papel pólen 90g/m²
tipologia garamond
impresso no inverno de 2022